La tormenta

La tormenta

William Bell

Traducido por
Queta Fernandez

orca soundings

ORCA BOOK PUBLISHERS

Library and Archives Canada Cataloguing in Publication

Bell, William, 1945-

[Death wind. Spanish]
La tormenta / William Bell ; traducido por Queta Fernandez.

(Spanish soundings)
Translation of: Death wind.

ISBN 978-1-55469-135-7

I. Fernandez, Queta II. Title. III. Title: Death wind. Spanish.
IV. Series: Spanish soundings

PS8553.E4568D4218 2009   jC813'.54   C2009-905555-4

Summary: When Allie fears she is pregnant, she leaves home
with Razz, a skateboard champion. Returning home, she is
caught up in a tornado that threatens to destroy everything.
She learns to believe in herself and face her future.

First published in the United States, 2009
Library of Congress Control Number: 2009936299

Orca Book Publishers gratefully acknowledges the support for its publishing
programs provided by the following agencies: the Government of Canada
through the Book Publishing Industry Development Program and the Canada
Council for the Arts, and the Province of British Columbia through the
BC Arts Council and the Book Publishing Tax Credit.

Cover design by Christine Toller
Cover photography by Eyewire

ORCA BOOK PUBLISHERS
PO Box 5626, STN. B
VICTORIA, BC CANADA
V8R 6S4

ORCA BOOK PUBLISHERS
PO Box 468
CUSTER, WA USA
98240-0468

www.orcabook.com
Printed and bound in Canada.
Printed on 100% PCW recycled paper.

12 11 10 09 • 4 3 2 1

Dedico este libro a los que sufrieron
el huracán Barrie y a aquellos
que los ayudaron.
W. B.

Capítulo uno

Los padres de Allie peleaban otra vez.

Allie dio un portazo, se metió en la cama y miró fijamente al techo dc su cuarto. *Son solamente las ocho de la mañana y ya empezaron*, pensó. Trató de bloquearlas, pero las duras palabras viajaban escaleras arriba y atravesaban la puerta. Su madre era una chillona. Mientras más se enojaba, más aguda era su voz. Su padre, en cambio, tenía una voz grave y, durante la discusión, el vozarrón se hacía más fuerte y su cara adquiría una expresión de dolor.

Peleaban por causa de Allie, otra vez. La misma vieja historia. La madre decía que el padre era muy "blandito" y dejaba que Allie hiciera lo que le viniera en gana. Después de que chillaba por un buen rato, el padre le decía que ella era "muy dura" y que tenía que ceder un poco. *Dale que te dale*, pensó Allie desde su cama. *Me pregunto qué dirían si supieran el lío en que estoy metida ahora.*

Allie saltó de la cama y se dejó caer en una silla junto a la mesa de su cuarto. Se tapó los oídos con las manos y se dijo: *¡Paren! ¡Dejen ya de pelear!*

Vio el reporte de la escuela que estaba sobre el desorden que tenía en la mesa. Hizo una mueca de desagrado al abrir la pequeña libreta amarilla. Tenía tres círculos rojos: tres asignaturas suspendidas. El año pasado había estado entre las mejores de la clase, pero este año, desde que empezó a salir con Jack, sus calificaciones habían sufrido. Antes la llamaban "Cerebrito". Su amigo Razz le puso el mote en séptimo grado, pero últimamente ya nadie la llamaba así.

Allie miró la foto del almanaque que estaba en la pared de su cuarto. Un gatito rosado jugaba con una bola de estambre azul y tenía el hilo enredado en la cabeza y en la cola. Debajo, los días del mes estaban organizados en perfectas hileras. El día primero de mayo estaba marcado con un círculo rojo. Era 6 de mayo.

Allie tenía un retraso de cinco días. Temía estar embarazada. *No puedo tener tan mala suerte*, pensó. Jack se había peleado con ella hacía tres semanas durante la hora de almuerzo en la cafetería de la escuela mientras comía papas fritas. Le dijo que no quería seguir sintiéndose atrapado, pero que podían seguir siendo amigos. *Ya lo creo,* pensó Allie, *vas a ser mi amigo aunque te enteres del embarazo, ¿seguro, Jack?*

Allie se preguntaba qué había visto en él. Sin duda era lindo y además divertido, y la había hecho sentir bien habérselo quitado a la antipática de Angela Burrows, pero durante los dos últimos meses no le había prestado mucha atención, a no ser por el sexo. Allie sabía que no podía ni mencionarle lo del círculo rojo en el almanaque.

Los chillidos y los gritos se hicieron más altos. Ahora la razón de la discusión era el dinero. Allie miró los tres círculos rojos en el reporte de la escuela y luego miró el círculo rojo del almanaque. Se imaginó lo que pasaría cuando sus padres se enteraran. Su padre pondría su expresión usual de dolor y la haría sentirse culpable. Su madre pondría cara de "te lo dije" y pondría a funcionar la máquina de chillar. Lo peor de todo era, admitió Allie, que ambos tenían razón.

Allie deseó desaparecer. Hubiera querido ser la pelusilla blanca de un diente de león flotando en el viento, dirigiéndose a cualquier parte, bien lejos de donde estaba.

Tomó una decisión: escaparse, alejarse de la pelea de sus padres y de los cuatro círculos rojos.

Buscó su bolso en la cómoda y sacó un pedazo de papel. Salió de su cuarto y subió las escaleras para utilizar el teléfono de arriba. Marcó los números que estaban en el papel. Tapó el auricular con la mano.

—Aló.

—Hola, Razz, ¿eres tú?

—El que habla.

—Soy Allie —dijo.

¿Se acordará de lo que hablamos?, pensó. *Ojalá que sí, de lo contrario estaría haciendo el papel de idiota.*

—Ah, eres tú, Cerebrito. ¿Cómo estás?

—Me imagino que bien.

Allie respiró profundamente. *Acaba de decírselo*, se dijo.

—Estoy pensando si la oferta que me hiciste sigue en pie.

—Sin duda, Cerebrito, pero pensé que...

—Las cosas han cambiado —lo interrumpió—. Ahora quiero ir contigo. ¿Cuándo sales?

—En dos horas, más o menos. ¿Estarás lista?

—Seguro —contestó.

—Está bien. ¿Dónde?

—En la esquina. ¿A las diez, sí?

—Pues ahí nos vemos —dijo y colgó.

Razz y Allie eran amigos de toda la vida. Razz vivía en una finca en las afueras de la ciudad, pero iban a la misma escuela. La semana anterior Allie le contó que su vida era un desastre y Razz estaba verdaderamente preocupado por ella. Le había ofrecido llevarla con él. La temporada de *skateboarding* iba a comenzar y Razz salía de viaje ese día.

Desde abajo llegaron más gritos y chillidos, y un portazo en la cocina. Cuando bajaba las escaleras, otra vez hacia su cuarto, escuchó el Chevrolet que rugía en la entrada del garaje. Sabía que su mamá salía disparada otra vez, enfurecida. Siempre hacía lo mismo cuando peleaban.

Allie sacó su maleta del clóset. Estaba bastante estropeada como resultado de varios campamentos de verano. Empacó rápidamente y se sentó sobre ella para cerrarla. En la mochila metió el secador de pelo, cepillos de pelo, peines, *mousse* para el pelo, el cepillo de dientes y los cosméticos. No podía faltar el *Walkman*, una docena de casetes y un par de revistas de cine. Por último, metió un paquete nuevo de toallas sanitarias. *Contra toda esperanza*, pensó. Cuando terminó de empacar, hizo trizas el reporte de la escuela y lo tiró a la basura. *Me queda un solo círculo rojo*, pensó esta vez.

Puso la música a todo volumen y se sentó junto a la ventana.

Eran casi las diez cuando la abrió. La ventana se quejó con un crujido. Primero tiró la maleta y la mochila, luego saltó al techo del garaje.

Allie miró alrededor. Lanzó sus cosas al patio y se deslizó por el tubo de drenaje, arañándose las manos.

Se escurrió entre el garaje y los arbustos y salió a la calle. Antes de doblar la esquina se volteó y miró la casa. El sol de la mañana se reflejaba en las ventanas.

Su padre estaría trabajando en la cocina. Sacando cuentas y moviendo la cabeza entre la incredulidad y la preocupación. En la parte de atrás, el arce se movía con el viento. Ese árbol era lo único que le gustaba de su casa.

Cuando su madre regresara, ya ella estaría lejos. Sólo encontraría la nota que había dejado sobre la almohada:

Queridos mamá y papá:
Me voy de casa. Les irá mejor sin mí.
Los quiero.
Allie.

Capítulo dos

Lo primero que Allie vio cuando entró en la camioneta fue un colchón en la parte de atrás.

—¡Espera un momento! —dijo.

Razz estaba vestido estrafalariamente, como de costumbre: tenis verdes con los cordones zafados, pantalones amarillos, una camisa color cereza y una gorra de pintor color verde.

Todas sus amigas pensaban que Razz era bien parecido. Tenía diecisiete años, era alto y de piel bronceada. Allie estaba de acuerdo, pero lo conocía hacía demasiado tiempo como para estar interesada en él. Además pensó: *En este momento ya tengo bastante de este tipo de problema.*

—Tranquilízate, Cerebrito —dijo riéndose—. No te voy a seducir. Puedes relajarte.

La camioneta cogió camino y Allie miró a su alrededor. A cada lado de la camioneta había rejillas metálicas con aproximadamente ocho patinetas. Todas de diferentes colores con diseños estrambóticos. Tenían formas variadas, pero todas decían RAZZ en letras grandes. Detrás de su asiento había una caja de madera con docenas de calcomanías de logotipos de distintas compañías. Detrás del asiento del chofer, había una bicicleta azul SkyGrabber BMX. En noveno grado, Razz corría una BMX, pero ahora se pasaba todo el tiempo en una patineta.

—Oye, Cerebrito, ponte el cinturón —le dijo Razz.

—¿Una camioneta nueva? —preguntó Allie.

—La acabo de comprar la semana pasada. ¿Te gusta?

Allie miró el interior. Tocó con los pies la suave alfombra roja. Los asientos estaban cubiertos con lana de oveja. La pizarra tenía un millón de controles y agujas. La música pulsaba detrás de un radio lleno de botones.

—¿Qué tipo de música es ésa? —preguntó Allié arrugando la nariz.

—Si se le puede llamar música.

—¿Qué?

—Ya sabes, música *punk*. ¿No te gusta? Hay otras cosas que puedes oír.

Allie abrió el compartimento de entre los asientos, sacó una cinta de *Killjoy* y la puso.

—¿Tienes hambre? —dijo Razz indicando un frasco grande de crema de cacahuetes y un paquete de *Twisters*—. Pruébalos juntos, es rico.

—No, gracias —dijo Allie tratando de no hacer muecas de sólo pensar a qué rayos sabría. Se acomodó en el asiento.

Tomaron la autopista 400 y la camioneta cobró velocidad. Allie se quitó los zapatos y puso los pies en el panel. Veía cómo todo volaba a su alrededor. Pensó cuánto le tomaría a sus padres darse cuenta de su ausencia. *¿Llamarían a la policía?*

Varias horas después ya estaban en las afueras de Ottawa. Pararon a comer en un restaurante. Razz pidió un plato de papas fritas con *relish* y *ketchup*. Los colores verde y rojo en el plato dc Razz le recordaban una de esas pinturas modernistas de las que tanto hablaba su maestra de arte. Allie pidió una hamburguesa y no se la pudo comer. Cuando terminaron, Razz sacó un rollo de billetes del bolsillo, todos de veinte, y le dio uno.

—¿Quieres pagar mientras yo traigo la camioneta?

—Sí, pero yo puedo pagar por mi comida.

—La próxima vez pagas tú, Cerebrito, ¿está bien?

Cuando llegaron, el lugar estaba repleto de carros, camionetas y gente. Razz le dio un pase al policía de la entrada y pasaron por debajo de una pancarta que decía: *Campeonato de* Skateboarding *de Ontario*. Estacionaron en la hierba.

—Allie, tengo que practicar por el resto de la tarde —le dijo Razz—. Tú puedes hacer lo que quieras, pero te pido un favor, cuídame la camioneta, ¿sí? El año pasado, Slammer, mi más feroz rival, mandó a un grupo de sus matones a destruir mis patinetas.

—Está bien. Voy a dar una vuelta y estaré al tanto.

Allie no sabía mucho de patinetas, pero sabía que Razz había sido el campeón nacional del año anterior. Los patrocinadores le habían dado mucho dinero.

Ésa era la razón por la que se vendían patinetas con su nombre en todo Norteamérica. Esta competencia era la primera de la temporada. Tenía que viajar por todo el país y, si seguía ganando, los patrocinadores le seguirían dando dinero. Pagaban lo suficiente para hacer de Razz el chico de diecisiete años más rico que ella jamás había conocido.

Razz abrió la puerta de atrás de la camioneta y entró para ponerse su equipo. Allie observó la fotografía en uno de los paneles: Razz parado de manos con su patineta, casi sin aire, pero con una gran sonrisa. Sabía que lo mismo se podía ver del otro lado.

Cuando Razz salió, llevaba unos pantalones elásticos rojos, un par de *shorts* amarillos y zapatos rosados. Tenía un casco blanco y rodilleras, además de almohadillas protectoras en los codos. En el pulóver azul decía: *Patina con ganas o vete a casa*. Tenía una patineta verde con su nombre formado por estrellas azules.

Se les acercaron tres chicos, todos con patinetas Razz y los correspondientes equipos.

—Eh, Razz, ¿acabas de llegar? —preguntó el más alto.

—Sí.

—Slammer te anda buscando —dijo otro sonriendo.

—Dile que no estoy para él.

Razz salió caminando y le dijo a Allie por sobre el hombro:

—Cerebrito, porfa, ciérrame la camioneta.

Cerca de una hora después, Allie estaba tomando el sol sentada en la hierba junto a la camioneta. Tenía los ojos cerrados.

—Vaya, vaya, vaya. Parece que Razz tiene una nueva novia.

Allie abrió los ojos. Delante de estaba un tipo alto y fuerte con e completamente blanco y un negro en el medio. Llevaba pues equipo además de su patineta.

de negro. En el pecho tenía una calavera y un buitre con un ojo humano en el pico. Decía: *Diviértete y muere*.

Allie no dijo palabra.

El tipo le sonrió, mostrando sus dientes amarillos y sucios.

—¿Qué, estás cuidando la nueva camioneta? —dijo sarcásticamente.

Allie miró hacia el otro lado.

El tipo sacó una navaja del bolsillo y la abrió lentamente. Miró alrededor. El corazón de Allie comenzó a latir rápidamente. Fue a la parte delantera de la camioneta y apretó la punta de la navaja contra la pintura plateada.

—¿Por qué no te quedas conmigo esta noche, preciosa? La vas a pasar mejor que con ese fracasado.

—¿Por qué no te largas? —le dijo Allie atando de sonar calmada.

El tipo, que ya no sonreía, comenzó a ar a lo largo de la camioneta arañán- un largo chirrido.

o qué haces, estúpido? —dijo dose de pie.

Allie lo agarró por los hombros. El tipo dio media vuelta y le dio un rodillazo en el estómago. Allie sintió un horrible dolor y cayó de rodillas sin aire.

Sin dejar de pasar la navaja hasta el otro extremo, el tipo se alejó caminando. Allie levantó la vista y vio que en la espalda decía en letras grandes: *Slammer*.

Capítulo tres

A la mañana siguiente, la despertaron golpes en la puerta de la camioneta.

Allie protestó y rodó en el comodísimo colchón de Razz. Volvió a cerrar los ojos.

Volvieron a golpear la puerta.

—¡Eh, Cerebrito! ¡Despiértate!

Allie se puso un par de pantalones y ·ió. Miró el reloj: ocho de la mañana.

z entró arrastrando su saco de

dormir. Había dormido toda la noche a la intemperie.

—Hay unas buenas duchas en el campamento —dijo sacando su equipo de una bolsa de piel—. Me voy a entrenar. La competencia de calle comienza en media hora.

Allie tomó la mochila de debajo del saco de dormir que Razz le había prestado.

—Está bien.

—¡Ah! Se me olvidó preguntarte, Cerebrito. ¿Viste a alguien ayer cerca de la camioneta? Algún sinvergüenza le hizo un buen trabajito a la pintura.

Allie le contó lo sucedido con Slammer, dejando fuera la parte del rodillazo. Razz pareció enfurecerse, pero sólo por un segundo y, para sorpresa de Allie, sonrió.

—No te preocupes, Cerebrito —dijo—. Ése lo que quiere es sacarme de paso para que yo pierda concentración. Pero no se lo voy a permitir. Ya me ocupar de él después de la competencia. ¡N vemos luego!

Razz se fue y Allie saltó afuera y cerró bien. Miró el cielo gris. El viento le revolvía el pelo.

¿Qué estarán haciendo ahora mis padres?, pensó. *Puede que estén peleando y echándose las culpas de mi huida. ¿Qué dirían si supieran la verdadera razón?*

Allie caminó hacia las duchas. Tenía ganas de ver a Razz competir otra vez. Deseó que no lloviera.

Cuando la competencia de calle terminó, Allie estaba segura de que Razz era, sin duda alguna, el mejor. Sólo había uno que se le acercaba: Slammer.

Todos los patinadores vestían ropas estrafalarias. Algunos, como Razz, llevaban ropa clásica con colores locos. Otros se habían ido al otro extremo y trataban de parecer vagabundos. ¡Había uno con un traje de buzo! Todos tenían puestos sus cascos y sus almohadillas protectoras. Giraron, saltaron en las rampas e hicieron toda clase de malabares increíbles con nombres como *ollie*, *truck grind* y *acid drop*.

Razz y Allie se tomaron unas sodas en la camioneta, durante el descanso. Razz estaba rodeado de niños que le hacían un millón de preguntas y le pedían que les firmara las patinetas. Finalmente tuvo que pedirles que se fueran y lo dejaran en paz.

Razz tomó una patineta más pequeña de la camioneta y se dirigió al cuadrilátero de cemento. La competencia libre estaba a punto de empezar. Allie lo siguió después de cerrar la camioneta con mucho cuidado.

No podía creer todo lo que Razz había hecho: hizo zigzags, bailó, giró en círculos, se paró sobre las manos, y todo en esa patineta pequeña. No había rampas en esa competencia, sólo el piso de cemento. Razz hacía los movimientos con increíble facilidad. El público aplaudió, gritó y dio vivas tan alto, que Allie no podía ni oír la música. A un la del cuadrado vio a Slammer, esperando su turno y haciendo muecas desagradables.

Razz ganó la competencia libre y Slammer quedó en segundo lugar.

Después del almuerzo, Allie encontró un asiento buenísimo en las gradas para la competencia de media pipa. Ésa fue la más emocionante y la más peligrosa. Razz estaba ganando la competencia, pero Slammer le seguía muy de cerca en puntuación. Si Slammer salía bien en el siguiente evento y Razz fallaba, Slammer podía ganar.

El asiento de Allie estaba justo en la baranda, en el medio de la media pipa. Cuando los patinadores estuvieran arriba en ese lado, tomando aire, quedarían frente por frente a ella.

Los primeros competidores no lo hicieron muy bien. No tomaron suficiente aire y Allie pudo ver el miedo en sus ojos. No era culpa de ellos, ¡aquello daba miedo! Un pobre chico, vestido con un je de payaso, falló tratando de hacer *handplant*. Dio una vuelta en el aire y cayó por la media pipa como un juguete roto. Quedó en el fondo sin moverse. Se lo llevaron en una camilla y Allie pudo ver un charco de sangre.

Después le tocó a Razz. Estaba directamente frente a ella al otro lado de la media pipa. La gente permanecía en completo silencio, esperando que comenzara. Razz se tomó su tiempo para ponerse el casco y ajustarse las almohadillas. Entonces hizo algo extraordinario. ¡Saltó al aire! y, en el punto más alto, se colocó la patineta debajo de los pies y cayó en la media pipa. Las ruedas comenzaron a cantar. Razz se deslizó por la pared hasta el otro lado, justo frente a Allie y voló alto.

La multitud gritó: ¡Ooooooooh! Allie lo miró cuando le pasó volando por delante. Lo que vio en su cara fue total concentración, para lograr el próximo movimiento. Razz giró en el aire y se deslizó otra vez frente a ella.

Hizo *handplants* de 360 grados, *rocket airs* y *McTwists* como nadi lograba hacerlos. Se movía con suavida pero arriesgadamente. La gente no paró de gritar de asombro hasta el final. Terminó de un salto en el aire al otro lado de la media pipa. Aterrizó de pie con la patineta en la mano. Sonrió y saludó bajando la cabeza, mientras sostenía la patineta en el pecho de manera que todos pudieran leer su nombre. Todo el mundo sabía que tenía ganada la competencia.

Entonces le tocó a Slammer. Comenzó bien y con cuidado, como todos los demás patinadores. Se deslizó por la media pipa, se levantó en el aire frente a Allie, tomó aire, giró y volvió a deslizarse hasta el otro lado. Regresó, pero esa vez la miró directo a los ojos y la escupió. La saliva le cayó al lado. Slammer dio una vuelta y volvió a deslizarse hacia abajo. Otra vez de regreso, le hizo muecas y Allie le levantó el dedo del medio. Slammer no lo esperaba y la miró con rabia.

Cuando giró en el aire, no midió bien el tiempo y golpeó el borde. La patineta crujió y se partió en dos. Se oyó el grito apagado de la gente mientras Slammer rodaba hasta el fondo. Los dos pedazos de la patineta cayeron ruidosamente junto a él.

Después de unos segundos logró ponerse de pie. Levantó la vista y miró a Allie con el más profundo odio.

Capítulo cuatro

Esa noche hubo una fiesta en el centro comunitario cercano para celebrar el final de la competencia. Razz le pidió a Allie que lo acompañara. *No tengo nada mejor que hacer, sólo preocuparme*, pensó.

Cuando llegaron, el lugar estaba lleno de chicos. Habían puesto pancartas y letreros en las paredes con anuncios de patinetas y otros equipos. En uno de los salones, los chicos hacían demostraciones de estilo libre en una rampa de madera. La música estaba tan alta que Allie pensó que el techo iba a explotar.

Razz y Allie bailaron varias veces. Razz bailaba bien. Allie también bailó con otros chicos, pero estuvo nerviosa pensando en Slammer. *A lo mejor se aparece por aquí y viene a molestarme,* se dijo preocupada.

Cerca de las nueve de la noche, Razz le dijo:

—Cerebrito, tengo que llamar a mi patrocinador. Quiere que le cuente cómo me fue hoy. Ahora vuelvo.

Allie se sentó en una silla metálica sorbiendo una Pepsi de dieta y pensando en sus padres. Creía que había tomado una decisión un poco precipitada y que, después de todo, no debía haberse ido de su casa. ¿Qué iba a hacer cuando Razz terminara su gira? Tenía que admitir que no había pensado bien las cosas.

—¿Cómo es que te dejó sola ese tipo tan importante? —escuchó que le decía una voz.

Sabía de quién se trataba, sin tener que mirarlo: Slammer.

Vestía todo de negro. Pantalones negros de piel y chaqueta de motociclista. La luz que le iluminaba el pelo blanco lo hacía parecer un fantasma. Había otros dos tipos con él.

—Si no hubiera sido por ti, perra, yo hubiera ganado.

Allie podía olerle el aliento a cerveza. No le contestó. Sabía que eso era mentira. Decidió ponerse de pie para marcharse. Slammer le dio un empujón contra la silla.

—¡Lárgate! —le dijo Allie, queriendo sentirse tan valiente como sonaba.

—Para ser tan bonita, tienes la lengua un poco suelta —dijo Slammer.

Uno de los tipos detrás de él se rió.

Allie cruzó los brazos y miró en otra dirección.

—Vamos, ven con nosotros y te vamos a enseñar lo que es una fiesta de verdad.

Allie tenía miedo. Buscó a su alrededor no había nadie cerca. Todos los demás estaban bailando o con las mentes en sus propios asuntos.

Slammer la agarró por un brazo y de un tirón la hizo ponerse de pie. Los otros dos la rodearon. Alguien le torció un brazo y se lo puso en la espalda. Allie se revolvió y trató de zafarse. Escuchó que la falda se le rompía y sintió dolor en el hombro.

—¡Suéltenme, imbéciles! —gritó, pero la música estaba tan alta que su voz se desvaneció.

La sacaron por la puerta de atrás del centro comunitario. Allie miró desesperadamente por sobre el hombro. La puerta se cerró detrás de ella, pero volvió a abrirse de nuevo. Era Razz, y estaba furioso.

Slammer y sus dos matones soltaron a Allie, que se echó a un lado. Slammer sacó una navaja, la misma con la que había dañado la camioneta. Los tres se separaron para poder rodear a Razz. Ya no le prestaban atención a Allie.

—Vamos, rata —dijo Slammer— Atrévete.

—Suelta la navaja, guapetón —dijo Razz—. Vamos a ver si puedes pelear sin ella.

Slammer miró alrededor. Cerró la navaja y se la puso en el bolsillo. Sonrió.

Estaba oscuro y detrás del centro comunitario no había ni un alma. El aire frío le molestaba en la cara a Allie. Pudo ver cómo Slammer y Razz se quitaban las chaquetas.

Comenzaron a caminar en círculo, ligeramente flexionados hacia delante, esperando la oportunidad para atacar. Slammer lo hizo primero, tirándole una patada en el estómago. Razz saltó hacia atrás y le agarró el pie. Se lo torció y Slammer cayó a tierra. Razz esperó a que se levantara.

Allie podía ver el odio en los ojos de Slammer. Razz, sin embargo, parecía calmado, con la misma cara de concentración que tenía en la competencia de la media pipa. Slammer tiró un golpe a la cara. Razz lo esquivó y le dio en el hombro. Razz se adelantó y empujó a Slammer.

Otra vez Razz esperó a que Slammer hiciera algo. Esta vez Slammer estaba muy furioso. Allie pensó: *No está quedando muy bien frente a sus amigos.*

Rápido como una serpiente, Slammer agarró un puñado de tierra y se la lanzó a Razz a los ojos. Razz levantó los brazos. Slammer aprovechó la oportunidad y arremetió con la cabeza en el pecho de Razz. Los dos cayeron al suelo, forcejeando y rodando por tierra. Se golpearon y se patearon. Finalmente, Razz se zafó y logró pararse. Le salía sangre de la nariz. Se la limpió y esperó a que Slammer se levantara.

Cuando Slammer se puso de pie, jadeando, Razz se le acercó y lo golpeó justo debajo de las costillas. Allie escuchó cómo Slammer dejaba escapar todo el aire de los pulmones. Con un quejido, cayó de rodillas.

—¿Necesitas ayuda, Slammer? —le preguntó uno de sus amigos. Allie pensó que no lo decía muy convencido.

—No. No te metas en esto —apenas pudo decir Slammer.

—¿Te parece suficiente? —preguntó Razz.

—Sí.

—Entonces, que ni tú ni tus socios se atrevan a meterse otra vez con Cerebrito. ¿Queda claro?

Slammer le echó una mirada a Allie con una media sonrisa.

—Sí.

—Ahora, piérdanse.

Se alejaron mientras los amigos ayudaban a Slammer, que no caminaba muy derecho.

Más tarde, Allie y Razz estaban en la camioneta escuchando la radio y tomando refrescos.

—¿Por qué Slammer te odia tanto? —preguntó Allie.

—Porque soy el campeón y le gano siempre. Y también por lo de los patrocinadores. A mí me pagan mucho más. Por eso quiere ganarme. Ganaría el ble de dinero.

—Razz, en realidad no peleaste mucho. La mayor parte del tiempo lo empujaste y esquivaste los golpes. Más de una vez podías haberlo golpeado bien.

Razz alzó el refresco, sorbió la última gota y puso la lata en una bolsa que colgaba del panel.

—No me gusta pelear, Allie. No conduce a nada.

—De todas maneras, gracias, Razz —le dijo Allie.

—No hay tema, Cerebrito. Ahora, vamos a revisar el equipo. Esta noche tenemos que rodar.

—¿Adónde vamos?

—De regreso a casa. Mi patrocinador quiere que demos una entrevista en un canal de cable de Barrie. Y sabes qué, quiere que Slammer y yo salgamos ¡en el mismo programa! Qué fastidio. Ahora tenemos que tomar el camino de vuelta.

¿De vuelta?, pensó Allie. No le gustaba lo que oía. No sabía ya ni lo que quería. Lo único que sabía era que todavía no estaba lista para presentarse ante sus

padres. Lo último que quería hacer era irse a casa.

—No, Razz. ¡No puedo regresar! —le dijo.

—Cálmate, Cerebrito. Regresamos, y tú me esperas en la camioneta mientras se filma la entrevista. Será cosa de dos horas. Salimos ahora, nos paramos por el camino para dormir y estaremos allí con suficiente tiempo para arreglar mis cosas.

—Pero...

—Tenemos que ir —la interrumpió Razz.

—Está bien. Está bien —dijo Allie de mal humor.

¿Qué remedio me queda?, pensó.

Capítulo cinco

Razz condujo por un par de horas. Comía *Twisters* que primero embadurnaba en crema de cacahuetes. Era una noche oscura y lluviosa, y el viento hacía temblar la camioneta.

Allie tenía los pies en el panel y trataba de escuchar la música. La cabeza le daba vueltas. No la hacía feliz la idea de Razz de regresar y no dejaba de pensar en sus padres. Le preocupaban los cuatro círculos rojos y muy especialmente el del calendario. Todavía estaba esperando. De vez en cuando Razz hacía un chiste sobre elefantes.

—Oye, Cerebrito, ¿cuántos elefantes caben en un carro compacto?

—¿A quién le importa, Razz?

—¿Eres o no eres Cerebrito, con notas solamente de A? Vamos, dime. ¿Cuántos?

—No sé.

—¡Cuatro! Dos delante y dos detrás —dijo con grandes carcajadas.

Allie protestaba, pero se reía también.

A veces Razz era un poco raro, pero no había duda de que siempre la alegraba cuando estaba de mal humor.

Finalmente Razz salió de la autopista y estacionó la camioneta en un terreno de grava.

—Vamos a echar un pestañazo, Cerebrito. Estoy muerto. Hemos tenido un día muy duro.

Razz apretó un botón y abrió su ventanilla. La lluvia comenzó a entrar.

—Creo que tendré que dormir dentro esta noche —dijo mientras subía el cristal y se apagaba el sonido de la lluvia.

—No te preocupes, Razz. Yo me acomodaré en el asiento.

—No. Acuéstate tú en el colchón.

—¡Yo no quiero dormir en el colchón! —gritó Allie.

¿Qué me está pasando?, pensó Allie. *Estoy actuando como mi madre.*

—Está bien. Está bien, Cerebrito. Como tú digas.

Allie sabía que muchas de sus amigas no se quedarían en el asiento mientras tenían a Razz tan cerca en un colchón, pero ella no se movería de allí. Ya había tenido bastante de ese asunto para un buen rato.

Razz puso la alarma del carro y saltó a la parte de atrás. Le tiró a Allie un saco de dormir y apagó la luz. Allie reclinó el asiento y trató de encontrar una posición cómoda.

No podía quedarse dormida. Miraba la luz del reloj del panel y escuchaba la lluvia golpear contra el cristal de la ventana y repicar en el techo. Tenía la sensación de que algo en su casa andaba mal. Estaba pensando en sus padres. *Seguro que están angustiados de la preocupación*, pensó. *Deben de estar preguntándose dónde estaré metida.*

¿Debo regresar? ¿Resolvería algo con hacerlo? No, nada. ¿Qué iba a pasar si de verdad estaba embarazada? No debía ir a casa.

Había tratado de alejar de su mente todos esos pensamientos. Con la emoción de la competencia y los problemas con Slammer había sido fácil. Pero ahora regresaban y le daba miedo.

Le tomó una eternidad quedarse dormida.

Cerca del amanecer la tormenta había arreciado. Los truenos retumbaban en el cielo oscuro y a Razz le costaba trabajo mantener estable la camioneta por las ráfagas de viento. Los relámpagos daban miedo. Los limpiaparabrisas batían a toda velocidad, pero aun así parecía que la camioneta estaba sumergida en agua.

Después de una hora, los pensamientos de Allie fueron interrumpidos por Razz.

—¿Qué rayos es...? —exclamó.

Allie trató de mirar a través de la lluvia. A su derecha vio unas luces rojas intermitentes. Razz aminoró la marcha y se acercó al lugar.

—Un camión que se cayó en la cuneta —dijo Razz y se detuvo en ese lado de la carretera.

Podían ver un camión blanco con una raya negra a todo lo largo.

—¡Mira, es el camión de Slammer! —dijo Razz poniendo la palanca de cambio en *parking* y abriendo la puerta. Allie lo vio correr bajo la intensa lluvia.

Después de unos minutos, dos figuras se acercaron a la camioneta y desaparecieron por un lado. La puerta de atrás se abrió, lanzaron una maleta y luego

subieron Slammer y Razz. Razz llegó
hasta el asiento del chofer completamente
empapado. Slammer lucía horrible.
También estaba mojado hasta los huesos
y el pelo le chorreaba, pegado a la cabeza.

Parece una rata mojada, pensó Allie.
Eso es lo que parece.

Slammer la miró, sonrió y le tiró un
beso. Allie se acordó de lo que había
dicho Razz sobre las peleas y en lugar
de enseñarle el dedo del medio, decidió
sonreírle lo mejor que pudo. Cuando se
enderezó, ya Razz estaba de nuevo en la
carretera.

—¿Por qué lo recogiste? —protestó.

—Cerebrito, ¿qué iba hacer? El tipo se
salió de la carretera y estrelló su camión.

—Bien podías haberlo dejado allí
—dijo Allie.

—Tenemos que ir al programa,
¿recuerdas?

—Vamos, dulzura —dijo Slammer—.
Ven aquí. El colchón está suavecito.

Allie le habló sin darse la vuelta.

—Vete al diablo, estúpido.

—¡Dejen eso ya! —intervino Razz molesto—. No es fácil manejar en estas condiciones y mucho menos con una pelea.

Finalmente estaban en la autopista 400, en dirección norte. El tráfico se movía con lentitud por la fuerte lluvia. Allie trató de oír el parte del tiempo en la radio, pero no escuchaba otra cosa que ruidos. Los relámpagos se acercaban cada vez más.

Cuando llegaron a la ciudad de Barrie, paró de llover, pero el viento soplaba con una fuerza horrible. Razz tenía dificultad para mantener el control de la camioneta. Allie podía ver la tensión en sus brazos luchando con el volante.

—Oye, Cerebrito, ¿cuántos elefante necesitan para manejar en una torme

Cuando llegaron a la calle
casi no podía avanzar. Iba

del límite de velocidad. Tomaron la rampa de salida de la autopista.

Allie miró a través del parabrisa. Después del Holiday Inn, detrás de la colina, estaba su casa. *¿Habrán encontrado mi nota?*, pensó.

Razz detuvo la camioneta a un lado de la carretera y, en ese momento, el motor se apagó.

—Ven a ver —dijo Razz.

Slammer se adelantó y se acercó a mirar el motor.

—Esto no pinta bien —dijo.

Frente a ellos en el lado noroeste, el cielo estaba muy extraño. Tenía un color violeta grisáceo con estrías amarillas, que empezaron a desaparecer mientras iba oscureciendo cada vez más.

De pronto se puso oscuro como si fuera ʼoche, y eran solamente las diez de la ʼa.

ʼiren! —dijo Razz señalando ʼegra al final de la autopista. ʼrse. Ondulaba y cambiaba de posición. Allie vio cómo un dedo negro se desprendía de la nube y se acercaba a la tierra.

¡La nube se estaba moviendo! Se ponía cada vez más grande. El viento empujaba la camioneta como una mano gigante. La tierra comenzó a levantarse en remolinos.

—¿Pueden verlos? —-dijo Allie—. ¿Eso que se ve volando alrededor de la nube negra? ¿Son pájaros?

—No… ¡Oh, no!

—¿Qué pasa, Razz?

—No son pájaros, Allie. Son pedazos de madera o algo así.

La nube se movía a lo largo de la carretera directamente hacia ellos. Allie entrecerró los ojos tratando de buscarle respuesta a lo que veía.

Pronto pudo darse cuenta.

¡Sobre la nube negra volaban pedazos de madera, árboles y metales torcidos! La nube negra se acercaba, levantando tierra y piedras y lanzándolas al aire. Se acercó a un carro estacionado a un lado del camino y con un remolino lo envolvió casi haciéndolo desaparecer de la vista. A Allie le costó trabajo creer lo que vio después. El carro voló por los aires y cayó en tierra con las ruedas hacia arriba, como un juguete.

—¡Razz! ¡Vámonos de aquí! ¡Viene hacia nosotros!

Razz le dio vuelta a la llave. El motor tosió ligeramente y luego volvió a apagarse.

—¡Vamos, vamos! —gritó Slammer casi suplicando.

—No tenemos tiempo, Allie. Agáchate —gritó Razz.

Allie vio, con los ojos casi fuera de las órbitas, cómo se acercaba el tornado. Lo vio envolver el edificio de la pista de carreras que estaba al otro lado de la calle. El edificio pareció explotar. El techo se desprendió y voló en pedazos. Las paredes caían como si hubieran puesto una bomba dentro; y los ladrillos se desperdigaban por toda la pista.

El tornado atravesó la carretera volteando carros y arrastrando un enorme camión por la cuneta. Pedazos de ramas, madera y tejados comenzaron a golpear contra la camioneta. Algo rajó el parabrisas de un golpe. El viento soplaba ferozmente.

—¡Salgan de aquí! —gritó Slammer en medio del rugido del viento, corriendo hacia la parte de atrás y abriendo la puerta. El viento se coló con una fuerza impensable.

—¡Slammer, no salgas! —le gritó Razz.

Ya era tarde. Slammer había desaparecido. Reapareció frente a la camioneta. Corría por el costado de la rampa de salida. El viento le arrancaba la ropa. A su alrededor volaban pedazos de madera y otros objetos. Uno lo golpeó en las piernas y lo hizo rodar hasta estrellarse contra la barrera. Allie lo vio aferrarse a ella, pero el viento lo arrancó como si fuera un muñeco de trapo, lo levantó en el aire y lo dejó caer contra la camioneta. El cuerpo de Slammer cayó en el parabrisas y dejó una mancha grande de sangre antes de desaparecer.

—¡Agáchate, Allie! —volvió a gritarle Razz.

No pudo. Estaba en trance. Sentía que iba a vomitar mirando la sangre de Slammer chorrear por el parabrisas. La camioneta se sacudía con el viento. En el mismo momento en que el tornado iba a chocar con la camioneta, se desvió ¡y tomó la dirección de la calle Essa! El tornado atravesó la calle volcando carros y tirándolos por todas partes. Subió por la colina arrancando árboles de raíz y llevándoselos consigo. El gran ventanal de cristales del Holiday Inn, estalló en mil pedazos y se elevó en el aire. El rabo de nube arrasaba con todas las casas que encontraba en su camino por la ladera de la colina. Los techos se elevaban, daban varias vueltas y desaparecían. Las paredes saltaban en pedazos.

Allie vio cómo el tornado se alejaba colina arriba.

Comenzó a dar gritos.

La casa de sus padres estaba en esa dirección.

Capítulo seis

Razz tuvo que sacudir a Allie para que dejara de gritar. Luego se dejó caer en el asiento en estado de *shock*.

—Creo que debemos asegurarnos de que Slammer está... vivo —se dijo a sí mismo.

Allie cerró los ojos con fuerza tratando de ordenar las ideas. *¿Era todo una pesadilla? ¿Había visto el tornado levantar a*

Slammer en el aire y destruir las casas a su paso por la colina? Cuando abrió los ojos, la sangre en el parabrisas le dio la respuesta.

Razz trató de echar a andar la camioneta. El motor tosía y protestaba, pero nada más. Salieron de la camioneta y caminaron hasta la parte de atrás. No soplaba el viento. El sol sonreía desde un cielo claro, como si todo hubiera sido un chiste de mal gusto. Todo estaba en absoluta calma.

Razz se subió al techo de la camioneta y miró a lo lejos en todas direcciones. No encontró a Slammer. Razz saltó a la calle otra vez.

—No lo veo —dijo Razz—. ¿Cómo es posible que haya desaparecido?

Allie se estremeció al imaginarse el cuerpo de Slammer lanzado por el tornado, cayendo en un campo o en el patio de alguien.

De pronto la mente le empezó a funcionar.

—Razz, ¡nuestros padres!

—No, Cerebrito —le dijo Razz—. Mi casa está a muchas millas de aquí, en la otra dirección, pero...

Allie tenía miedo y el corazón le retumbaba en el pecho.

—Tenemos que llegar a mi casa. Tenemos que saber si... ¡Vamos!

Comenzaron a correr por la rampa de salida en dirección a la calle Essa. Pronto llegaron a la intersección. Había varios carros volcados a los dos lados de la calle. Un camión echaba humo y un hombre, con la camisa desgarrada, lo miraba incrédulo negando con la cabeza. Varias personas caminaban de un lado a otro como si estuvieran perdidas. Un anciano estaba arrodillado a un lado de la calle junto a una mujer con un vestido rosado. Temblaba mientras decía: "Sara, Sara".

—¿No crees que debemos detenernos a ayudarlos? —sugirió Razz.

—No, por favor —le pidió Allie—. Sigamos.

Cuando llegaron a la esquina de Fairview, se detuvieron a mirar las casas destrozadas en lo alto de la colina. El camino más corto a la casa de Allie era subiendo la colina y atravesando los patios de las casas, pero Razz y Allie giraron y tomaron la avenida Little, caminando sobre ramas y escombros.

Cuando alcanzaron la parte más alta, cerca de la escuela, pensaron que estaban dentro de una película de ciencia ficción. Todo a su alrededor era destrucción. Las paredes habían desaparecido y Allie podía ver lo que habían sido las salas y los cuartos. Los jardines estaban llenos de árboles derribados, muebles desbaratados y otros destrozos.

En total estado de *shock*, caminaron por la calle Marshall. Allie escuchó voces llamando a niños que ella conocía. La gente se movía por entre los escombros de lo que fueron sus patios mirando el lugar donde sus casas habían estado no hacía mucho.

—Parece un campo de batalla —dijo Razz casi en un susurro—. Parece que la ciudad ha sido bombardeada.

En la esquina de la casa de Allie vieron a Scotty, el perrito de los vecinos. La lengua le colgaba llena de sangre. Todavía tenía el arreo al cuello con un pedazo de lo que fue su casa en el otro extremo. Siguieron por la calle de Allie y vieron un auto volcado en el garaje de la familia Dillon, que ya no tenía ni techo ni paredes.

Caminaron un poco más por esa misma calle y Allie se detuvo de pronto.

—¡No, no, no!

En el lugar donde estaba su casa, sólo quedaba parte de una pared. Podía ver la estufa y el refrigerador de la cocina. No quedaba nada más. El gran arce, su árbol favorito, había sido arrancado de raíz. Estaba tirado a lo largo del patio, con las ramas partidas y las raíces hacia arriba.

Allie se tapó los ojos con las manos. Pensó que se volvería loca. Sintió que Razz le ponía un brazo sobre los hombros.

Allie se zafó y echó a correr. Atravesó el jardín y subió a una pila de ladrillos y otros destrozos en el medio de lo que había sido su casa. Pudo ver claramente que sus padres no estaban allí.

—¡En el sótano! —gritó Razz—. A lo mejor se refugiaron allí.

Allie corrió hasta el lugar donde estaría la entrada al sótano y empujó un sofá que estaba en el medio. Corrió escaleras abajo, tropezando con pedazos de madera y ladrillos. No había nadie.

Subió las escaleras lentamente. La luz del sol brillaba.

—¿No crees que debemos mirar en el patio? —dijo Razz—. Por si...

Razz saltó a la hierba del patio. Por todas partes había ramas rotas y pedazos de las casas de los vecinos. Allie lo siguió.

Escucharon sirenas a lo lejos. Buscaron por todas partes y no encontraron nada. Allie respiró aliviada.

—Es posible que no estuvieran en casa cuando pasó el tornado —dijo esperanzada—. ¡Eso mismo es! Hoy es lunes, mi padre estaría trabajando y mi madre...

Se le cortó la voz. Su madre debió estar en casa.

Razz pareció leerle el pensamiento.

—Cerebrito, puede que haya ido de compras. Sé que es difícil, pero no te preocupes hasta que no sepamos lo que verdaderamente ocurrió.

Razz se agachó y recogió un pequeño radio portátil del suelo.

—¿Es tuyo, Allie?

—No.

Allie lo encendió y para su sorpresa funcionaba. Lo sintonizó en una estación local.

La primera palabra que escuchó fue "tornado". El locutor estaba en estado de pánico. Hablaba rápido, dando detalles de la tormenta y los daños. Hasta el momento se habían reportado cuatro muertos.

"Las personas cuyas casas han sido derrumbadas no deben regresar a ellas. Los centros de atención a los damnificados se encuentran en los siguientes lugares…".

Uno de los lugares que mencionó fue la escuela pública que quedaba a cuatro cuadras de la casa de Allie.

—¡Vamos! —dijo Allie—. Mis padres pueden estar allí.

—Sí, Cerebrito, vamos.

Caminaron alrededor de la casa y tomaron la calle. En la esquina del patio, Allie vio un pedazo de papel que colgaba de una rama. Se acordó de la nota que le había dejado a sus padres y de los cuatro círculos rojos. Recordó haber escrito: *Les irá mejor sin mí.*

Allie se echó a llorar.

Capítulo siete

Razz y Allie corrieron hacia la escuela donde se había creado el centro de emergencia.

Allie se golpeaba el muslo con la mano mientras pensaba angustiada: *Nunca debí haberme ido de casa. ¿Qué resolví con eso? Nada. En este momento los cuatro círculos no tienen importancia. Ni siquiera el del calendario.* Miró, una vez más, las casas destruidas de sus vecinos a lo largo de la calle. Ahora no eran más que montañas de ladrillos y escombros. *Nada puede ser peor que esto.*

Razz le dio una patada a un pedazo de fibra de vidrio rosado. Aquella cosa estaba por todos lados, en las calles y en los jardines de las casas. Miró a Allie y le dijo:

—Vamos, Cerebrito, no llores. Verás que todo va a salir bien. Espera hasta que lleguemos a la escuela, ¿de acuerdo? Estoy seguro de que los vas a encontrar sanos y salvos.

—Ojalá, Razz —dijo secándose las lágrimas con el dorso de la mano. La voz de Razz la ayudó a calmarse un poco.

Doblaban por la esquina de la calle St. John cuando oyeron gritar a alguien.

—¡Ella, ella! ¡Miren, ella puede hacerlo!

Los dos se detuvieron. Vieron a cinco personas al lado de los cimientos de una casa. Sólo quedaba un montón de madera y muebles rotos, como un juego gigante de palitos chinos. Recordó que jugaba ese juego cuando era niña.

Un hombre alto y delgado se les acercó corriendo.

—¡Ayúdanos, por favor! —gritó agarrando a Allie por el brazo—. Tienes que ayudarnos… la bebé.

El hombre tiraba con fuerza del brazo de Allie, que se zafó asustada.

—Por favor, tranquilícese —le dijo Razz al hombre.

El hombre trató de agarrar a Allie por el brazo otra vez. Allie vio una mueca de terror en su cara y dio un paso atrás.

—¡Se lo pido! —suplicó—. Tiene que ayudarnos.

Otro hombre se les acercó. Hablaba con calma.

—La bebé de mi amigo está atrapada en el sótano de la casa —explicó, señalando para el lugar donde estaban otras tres personas que miraban debajo de una pila de maderas que habían sido parte de la casa—. Hay que sacarla de allí antes de que todo se derrumbe. La bebé puede…

Miró a su amigo, otra vez a Allie y luego a Razz.

—Por favor —dijo.

—¿Por qué no lo hace usted? —le preguntó Razz—. Son tres hombres, contándolo a usted.

—Porque el espacio es muy pequeño —dijo tomando a Razz del brazo y acercándolo a los otros mientras hablaba—. Ninguno de nosotros cabe por esa ventana.

Una señora algo gorda lloraba desconsoladamente: "Mi hijita, mi hijita". Tenía el vestido roto. Las lágrimas le marcaban surcos blancos en la cara llena de polvo y suciedad. Miraba desesperadamente la loma de escombros. Allie podía escuchar los gemidos de un bebé.

El papá señaló una ventana que daba al sótano. Allie se dio cuenta inmediatamente de lo que el hombre quería decir. La abertura era muy estrecha. Una persona de su tamaño podría escurrirse por allí y llegar al sótano.

—Creo que sería mejor esperar a que los bomberos llegaran con el equipo de salvamento —dijo Razz.

—¡Ni hablar! —dijo el padre con disgusto—. ¿Has visto cómo están las calles? Les tomaría horas llegar.

En el momento en que así hablaba, la inmensa loma de escombros cedió con un crujido. Las madres comenzaron a gritar con desesperación.

—¡John, haz algo o la niña no va a salir con vida de ahí!

Allie no sabía qué hacer. Miró a través de la pequeña ventana y luego recorrió con la mirada la cara de la gente.

—No te atrevas, Cerebrito —le advirtió Razz—. ¡No vas a poder salir!

Allie sintió miedo. *Razz tiene razón*, pensó.

—No creo que... —comenzó a decir Allie.

—¡No lo puedo creer! —dijo uno de los hombres— ¡Miren!

De una de las esquinas de la casa subía una columna de humo negro.

La mamá de la niña comenzó a llorar más fuerte. Todos empezaron a hablar a la misma vez. El padre de la niña se quedó mirando el humo.

—¡La chimenea! Yo tenía la chimenea encendida cuando llegó el tornado. ¡El fuego debe de estar extendiéndose!

Sin pensarlo dos veces, Allie se arrodilló junto a la ventana del sótano.

—¡Cerebrito, no! —le gritó Razz.

Allie no vio cómo el papá de la niña empujaba a Razz. Sintió que alguien la agarraba por los tobillos.

—Te ayudo a bajar —le dijo uno de los hombres —. Vamos, con mucho cuidado.

La ayudó a deslizarse hasta que tocó la alfombra del sótano con las manos.

—Ya puede soltarme —le dijo Allie.

Cayó sobre una pila de escombros. A gatas, miró a su alrededor. Estaba oscuro y en total destrucción. El techo del sótano se había derrumbado. Sólo se podía pasar a rastras junto a las paredes de la casa. Allie no podía ver la cuna de la bebé que estaba en una de las esquinas traseras de la casa, pero podía escucharla llorar. Comenzó a arrastrarse a lo largo de la pared. Podía oler el humo a su alrededor. Le fue fácil llegar hasta el extremo de la casa, arañándose la espalda varias veces con pedazos de madera rotos. En la esquina, giró a la izquierda en dirección a la cuna. Cuando llegó, se dio cuenta de que la cosa no iba a ser fácil. En el momento del derrumbe, la cuna había quedado atrapada contra la pared entre un montón de palos.

La bebé estaba en pañales y llevaba puesta una camiseta blanca con elefantes rosados. Era rubia, con el pelo crespo. Lloraba bajito.

Allie no encontraba la manera de sacarla. Con cuidado, trató de zafar las barras de la cuna. Las maderas que estaban arriba comenzaron a crujir. *No puedo bajar la baranda*, pensó, *o todo nos caerá encima.*

Se detuvo a pensar. Se asombró de lo calmada que estaba. Mientras se arrastraba a lo largo de la pared, estaba aterrorizada, pero ahora podía pensar con claridad. Volvió a oler humo, esta vez un poco más fuerte. *Tengo que hacer algo rápidamente*, pensó.

Notó que el colchón descansaba en un marco que a su vez estaba conectado a la cuna por ganchos metálicos, de manera que el colchón pudiera elevarse o bajarse.

Respiró profundamente y supo lo que tenía que hacer. Se metió debajo de la cuna y trató de desengachar el colchón, pero era muy pesado. Tuvo que empujarlo hacia arriba con la espalda para poder zafar los ganchos. Lo logró en uno de los lados. El colchón cedió, asustando a la bebé. *Pobrecita*, pensó, cuando la bebé empezó a llorar más alto. Allie logró zafar la otra esquina y el colchón le cayó encima.

Con mucho cuidado, salió de debajo de la cuna. La bebé, que no paraba de llorar, rodó al suelo y Allie pudo alcanzarla fácilmente.

En cuanto Allie la tomó en brazos y le habló suavemente, la bebé dejó de llorar. *¿Cómo voy a sacar a esta niña de aquí?*, pensó. *No puedo gatear con ella* *en brazos*. Miró a su alrededor y encontró la solución. Tomó una manta de la cuna, la dobló varias veces y puso a la bebé en ella. Luego, comenzó a gatear hacia atrás, mientras tiraba lentamente de la manta con la bebé, que comenzó a reír y a mover las piernas.

Llegó a la esquina justo en el momento en que los escombros empezaban a crujir. Rápidamente abrazó a la bebé y en ese momento escuchó un derrumbe. Una nube de polvo las cubrió. Allie pensó que iba a morir allí mismo.

Podía escuchar las voces de la gente gritando afuera. La voz de Razz era la más fuerte: "¡Allie!, ¡Allie!". Podía sentir el miedo en su voz.

—Estoy bien —gritó Allie.

De nuevo comenzó a gatear lentamente, pulgada a pulgada, arrastrando a la bebé.

Sintió que algo le pinchaba en la espalda. Un pedazo de madera a un pie de distancia del suelo, con un clavo larguísimo apuntando hacia abajo le lastimaba la espalda. Se acostó sobre el estómago moviéndose poco a poco hacia atrás para pasarle por debajo. No pudo pegarse al piso todo lo que necesitaba, y el clavo le hizo un arañazo profundo a lo largo de la espalda, enganchándosele en el sostén. Se retorció y logró desprenderse. De nuevo, se deslizó lentamente y pudo pasar a la bebita por debajo del clavo.

El humo se hacía cada vez más denso. Allie y la bebé empezaron a toser.

—Ya las puedo ver —gritó el papá—. Vamos, vamos, ya te queda poco.

Allie trató de moverse un poco más rápido. La bebé tosía, lloraba y le salían secreciones por la nariz. Se retorcía tratando de salirse de allí.

Al fin, Allie llegó junto a la ventana. Se arrodilló, envolvió a la bebé en la manta y la levantó. La bebé daba gritos.

—Ya falta poco —le dijo dulcemente.

Allie dio media vuelta y la puso en unos brazos que entraron por la ventana, en el momento en que un humo negro llegaba hasta ellas. Allie no podía

ver nada. Comenzó a toser. Le dieron
náuseas. Los pulmones le ardían y no
podía respirar. Escuchaba el rugido del
fuego haciendo crujir la madera. Trató de
pararse, se golpeó la cabeza y se cayó. Se
arrodilló buscando aire y pasó las manos
por el cemento tanteando la salida. En ese
momento una manos tiraron de ella con
fuerza. Todo a su alrededor se desplomó
con un gran estruendo en el momento en
que la sacaban.

Estaba afuera, acostada en la hierba,
bajo el sol, jadeando y tratando de
respirar. Con dificultad logró sentarse.
A su alrededor escuchaba gente gritando,
pero esta vez las voces sonaban a felicidad
y a alivio.

—¿Estás bien, Cerebrito? —la voz de
Razz era algo maravilloso.

—Sí —dijo Allie—. Eso creo.

Razz la ayudó a ponerse de pie. La
gente la rodeó, abrazándola y dicién-
dole lo valiente que era. Allie no sentía
la valentía, sólo el dolor en el cuerpo y
un poco de vergüenza. La mamá, que no

soltaba a la bebita, le daba las gracias repetidamente anegada en lágrimas. Le preguntó su nombre, lo que hizo que se acordara de su propia familia.

—Vámonos —le dijo Allie a Razz.

Capítulo ocho

Allie y Razz corrían otra vez por la calle en dirección a la escuela. Hacía un poco de calor y el sol brillaba en el cielo.

Tenían que saltar sobre todo tipo de cosas o caminar alrededor de ellas: un coche de bebé destrozado, un televisor roto, muebles.

Allie sentía pánico de encontrase a alguien muerto en la calle. Se podían escuchar sirenas, la gente gritaba constantemente llamando a otros, buscando a personas o dando órdenes.

Por fin llegaron a la escuela primaria, ahora centro de emergencia. Muchas de las ventanas se las había llevado el viento, pero Allie pudo darse cuenta de que el tornado no los había tocado directamente. Varias de las casas alrededor de la escuela seguían en pie. Les faltaban algunas ventanas y tejas del techo, pero nada comparado con la casa de Allie.

Entraron pisando cristales rotos. La gente iba y venía por el pasillo a oscuras. Había policías, bomberos y gente en uniforme, y todos parecían cumplir una misión.

Allie y Razz se dirigieron a la oficina principal. Una mujer uniformada hablaba por un *walkie-talkie*. El cigarrillo que tenía en la boca se movía mientras hablaba. Cuando dijo "cambio", Allie se apresuró a decirle que estaba buscando a sus padres.

—¿Cómo te llamas? —le preguntó la mujer.

Cuando Allie le dijo su nombre, la mujer buscó en una tablilla con una grapa que sujetaba hojas de papel con las esquinas dobladas.

—No hay nadie con ese nombre trabajando aquí —le dijo—. Pero sólo empezamos hace diez minutos. Es probable que más tarde sepamos algo. Acabamos de empezar la lista de personas desaparecidas. Si tus padres te andan buscando, les podremos informar que estás sana y salva.

El *walkie-talkie* de la mujer volvió a sonar. Se lo puso al oído y en un minuto el cigarrillo comenzó a moverse de nuevo.

—Entendido. Asegúrense de que el gas, la electricidad y el agua de toda el área estén cerrados. Ya nos han reportado dos fuegos por escapes de gas. Logramos limpiar una vía hacia el hospital, a lo largo de Elm, al oeste de la avenida Ranch. ¿Cuándo llega el ejército?

El *walkie-talkie* volvió a sonar y la mujer dijo:

—Cambio.

—¿Llamaron al ejército? —preguntó Razz.

—Sí —le contestó la mujer—. La base queda cerca y se necesitan muchos hombres para acordonar la zona, rescatar a personas heridas y detener a los saqueadores.

—¿Saqueadores? —le preguntó Allie—. ¿Quién haría una cosa así?

—No te sorprenda —fue toda su respuesta.

La gente salía y entraba de la oficina haciéndole preguntas y entregándole reportes. Parecía ser la única persona con calma en toda la escuela.

En un momento en que la oficina estaba vacía, le preguntó a Allie:

—¿Tu casa está dañada?

—¡Desapareció! —le dijo Allie y comenzó a llorar otra vez. Sintió que Razz la abrazaba.

—¿Sabes dónde está el gimnasio?

—Sí.

—Ve hasta allí. Van a poner una pizarra grande en la pared con información sobre dónde y cómo se encuentran las personas. ¿Vives cerca?

Allie volvió a decir que sí.

—Muy bien. Puedes ayudarnos muchísimo, porque conoces la gente de por aquí. Vamos a necesitar mucha ayuda en los próximos dos días, Allie. Una ayuda inmensa. ¿Te gustaría trabajar con nosotros?

—Sin duda —le dijo Allie.

—Muy bien. Ahora, a trabajar —agregó la mujer a la vez que su *walkie-talkie* comenzaba de nuevo a sonar—. Trata de no preocuparte. Lo más probable es que tus padres estén bien, sólo que va a tomar algún tiempo averiguarlo.

Allie dio media vuelta para salir, pero Razz se quedó donde estaba. Le contó a la señora lo sucedido a Slammer. Casi no lo podía creer. Lo anotó en la tablilla.

—¿Era tu amigo?

—Más o menos —contestó Razz mirando a Allie—. No sabemos su verdadero nombre.

—En ese caso estaremos al tanto de su... de él.

Razz asintió.

—¿Necesitan alguien para que maneje? —preguntó Razz.

La señora levantó la vista de la tablilla, encendió un cigarrillo con la colilla del que se acababa de fumar y dijo:

—Es muy probable. Sí.

—Yo tengo una camioneta. Puedo usarla para ayudar —dijo.

—Seguro. ¿La tienes aquí?

—No, pero creo que la puedo traer pronto.

—Excelente. Regresa en cuanto puedas.

Razz se dirigió a Allie.

—¿Te puedo dejar sola, sin problema?

—Claro, Razz.

Cuando estuvieron de nuevo en el pasillo oscuro y lleno de gente, Razz le terminó de decir:

—No sé… creo que me sentiría mejor si pudiera ayudar en algo, ¿no crees? Como hiciste tú en aquella casa.

Allie fue hasta el gimnasio. Había cerca de veinte personas, preparando mesas, hablando por *walkie-talkies* y colocando alfombras en el suelo. Vio al Sr. Beekman, un cascarrabias que la había echado de su patio un millón de veces cuando era pequeña. Le estaba colocando una venda en el brazo a la señora Pearce que parecía estar en bastante mal estado. Ella vivía a dos casas de Allie.

Allie se dirigió hasta un hombre con uniforme de bombero.

—¿Puedo ayudar en algo? —preguntó.

—¿Sabes usar uno de éstos? —le preguntó mostrándole un *walkie-talkie*.

—No.

—Te explico cómo. Estamos creando una lista de personas desaparecidas —le dijo—. Cualquier información que

escuches desde el otro lado —le señaló
para el *walkie-talkie*—, debes anotarla.
Básicamente, vas a escribir los nombres en
esta lista. Toda información de los hospi-
tales o de la calle, de que alguien ha sido
encontrado, debes anotarla en esta lista.
¿Entendido?

—Sí —dijo Allie.

—Alguien va a tomar tus listas y poner
la información en aquellos carteles —dijo
señalando para la pared del otro lado del
gimnasio. Uno decía DESAPARECIDOS,
el otro ENCONTRADOS.

Allie se sentó en la mesa y puso
delante de ella una pila de hojas de papel.
En la primera hoja puso el nombre de sus
padres.

Capítulo nueve

Allie se pasó el resto del día en la mesa muy, pero muy ocupada. Recibió llamadas del hospital, de la estación de policía, de la estación de radio y de las calles. La lista de DESAPARECIDOS creció tanto que tuvieron que agregar otro cartel. El nombre de sus padres era el primero todavía.

A pesar de estar muy ocupada, Allie no podía dejar de pensar en ellos. A veces pensaba cosas horribles. Se los imaginaba aplastados bajo un árbol o arrastrados por el tornado como le pasó a Slammer. En esos momentos sentía mucho miedo y comenzaba a llorar de nuevo.

Así y todo había sido capaz de hacer algo útil. No le tomó mucho tiempo aprender a hablar por el *walkie-talkie*. Le recordaba las películas de guerra o de policías que había visto. Llegó a reconocer las voces. La del hospital era una mujer. El que llamaba de los alrededores era un chico. Podía darse cuenta de que era joven. Sonaba como uno de los que le pidieron un autógrafo a Razz durante la competencia de *skateboarding*.

Cuando se hizo de noche, Allie tuvo que trabajar con la ayuda de una linterna. El gimnasio estaba iluminado por una de esas lámparas de gas que se usan en el campismo. Creaba una atmósfera un poco espeluznante.

Ya tarde, Allie le pidió a alguien que la relevara mientras iba al baño. Los pasillos de la escuela estaban oscuros e iluminados también por lámparas de gas.

Daban miedo. Las sombras se movían en las paredes y de la oscuridad salían gemidos. Había gente por todas partes. Algunos estaban acostados en esteras y otros estaban sentados y recostados a las paredes en estado de *shock*. Muchos se encontraban heridos y esperaban ser llevados al hospital. Otros eran atendidos por docenas de enfermeras y trabajadores de las ambulacias St. John. Había niños llorando.

Allie pasó junto a la oficina principal. La misma mujer permanecía en el mismo lugar, hablando por el *walkie-talkie*. Parecía muy cansada. El pasillo junto a la oficina estaba repleto de hombres y mujeres uniformados: policías, soldados, trabajadores de las compañías de gas y electricidad, médicos y enfermeras. Parecería que toda la gente del pueblo se había reunido en ese edificio.

Varias horas después, la luz volvió al gimnasio y Allie apagó la linterna. Cuando estaba anotando otro nombre en la lista de las personas encontradas, levantó la vista y vio a Razz de pie frente a la mesa.

Estaba hecho un desastre: la camisa amarilla de seda estaba hecha tiras y llena de sangre. Tenía los brazos cubiertos de arañazos, la cara sucia y parecía agotado, pero sonreía.

—Oye, Cerebrito, parece que eres una persona importante por estos lugares.

—No, yo sólo recibo llamadas.

—¿Tienes hambre? —le dijo Razz mientras ponía sobre la mesa un pedazo de pastel de chocolate envuelto en plástico.

—Ay, sí, gracias —dijo Allie y le dio una mordida. Estaba delicioso.

—Perdóname por demorar tanto —continuó Razz. Se sacó un par de *Twisters* del bolsillo y comenzó a comérselos—. Estuve llevando gente al hospital, a los que no se encontraban seriamente heridos. Me pidieron que viniera hasta aquí a dejar algunas personas y quise saber cómo estabas. Me imagino que ya lo sabes.

—¿Qué cosa?

—Que tus padres están en el hospital.

—¿En serio? ¿Están bien?

—Tu mamá está bastante magullada, pero nada grave. Tu papá está bien; se encontraba en el trabajo en el momento del tornado. Tu mamá estaba de compras en el centro comercial. Fui a verlos y les dije que estabas bien.

Allie se quedó sin habla por un minuto.

—Razz —dijo finalmente—, ¿me puedes llevar a verlos?

—Claro que sí, Cerebrito. Sin problema. Vamos.

—Espera un momento. Tengo que buscar a alguien que ocupe mi lugar.

Antes de salir, Allie escribió el nombre de sus padres en la lista de las personas que habían sido encontradas.

Capítulo diez

El hospital era un casa de locos. La sala de emergencias estaba repleta dc gente, los pasillos estaban llenos de camas y catres con gente de aspecto triste y preocupado. Las enfermeras iban y venían rápidamente de un lugar a otro por los pasillos. Cada dos segundos, llamaban a un doctor por los altoparlantes.

Razz llevó a Allie a una sala grande en el segundo piso.

—Tengo que regresar a trabajar. Te dejo aquí. ¿Te parece bien?

—Sí, Razz. No hay problema. Hasta luego.

Quisiera ser tan valiente como aparento, pensó Allie. Quería regresar con Razz, no quería ver el dolor en la cara de su padre ni la expresión de "te lo dije" de su madre en cuanto entrara por la puerta, pero sabía que tenía que enfrentar la situación.

Respiró profundamente y entró en una sala donde no había una cama desocupada. A lo lejos, en una esquina, vio a su mamá. Una pierna enyesada le colgaba de una barra metálica encima de la cama. También tenía un brazo enyesado. Su papá estaba de pie junto a ella.

—Hola, mamá y papá —dijo acercándose.

El padre de Allie dio media vuelta. La abrazó fuerte, por largo tiempo, como nunca lo había hecho.

—¡Allie! —gritó su mamá con voz llorosa—. ¿Dónde has estado? Si pudiera salir de esta cama te daría una buena paliza —luego agregó más calmada—. ¿Estás bien?

—Sí, mamá. Estoy bien. ¿Y tú cómo estás?

—Ahora estoy mejor. ¿Dónde estabas? Nos moríamos de la preocupación. Hasta llamamos a la policía.

Allie miró a su madre. Tenía el pelo rubio despeinado y revuelto, y un moratón cerca del ojo izquierdo. Parecía que había llegado de la guerra. El padre no lucía muy bien que digamos. El traje que llevaba estaba sucio y arrugado y tenía una herida no muy profunda en la frente.

—Te dejé una nota, mamá. Decidí irme de casa.

—¡Cómo es posible! —dijo casi chillando.

—Mejor hablamos en otro momento —sugirió el padre—. Éste no es el mejor momento para…

—¡No! Siempre estás evadiendo las cosas —lo interrumpió la mamá enfurecida.

—Yo no evado nada. Eres tú la que siempre...

Allie se puso las manos en los oídos y cerró los ojos.

—¡Basta! ¡Paren de discutir! —gritó.

Abrió los ojos. Su padre estaba avergonzado y su madre, con la cabeza baja, se arreglaba la venda de la pierna.

—Allie, dime qué fue lo que pasó —dijo suavemente.

Allie miró la cara amoratada de su madre y luego miró a su padre. Pensó en la razón por la que se había ido de casa: las peleas de sus padres, los cuatro círculos rojos: tres en el reporte de la escuela y uno en el almanaque.

¿Debo decírselo?, pensó. *¿Qué les digo? ¿Servirá de algo?*

Se dio cuenta de que se enterarían de todas maneras. Tomó aire y comenzó a hablar.

Lo dijo todo: las asignaturas suspendidas, Jack, su posible embarazo, la competencia, la muerte de Slammer durante la tormenta.

Cuando terminó, estaba llorando y se sentía que no valía nada.

Los padres de Allie se mantuvieron en silencio por un minuto. Parecían estar en estado de *shock*, pero esta vez no gritaron.

—¿Estás segura? —le preguntó su mamá.

Allie supo a qué se refería.

—Sí, mamá. Definitivamente.

El papá se pasó los dedos por el pelo.

—Creo que no debemos tratarte más como a una niñita —dijo el padre en voz baja—. Ya has pasado bastante. ¿Y tú y Jack, qué?

—No, papá —lo interrumpió—. No quiero que él lo sepa. No me importa para nada.

La miró de una forma extraña.

—Ya veo que no —comprendió el padre.

—Ven aquí, Allie —le dijo la mamá.

Allie dio unos pasos para acercarse a la cama, temiendo que los chillidos comenzaran en cualquier momento, pero la mamá la tomó de la mano. Estaba seria y preocupada.

—Creo que se te olvidó decirnos algo, querida.

¿Qué podrá ser?, pensó Allie.

—Te lo juro, mamá. Lo he dicho todo. Lo juro.

—No nos dijiste que le salvaste la vida a una niña. No nos dijiste lo mucho que has trabajado en la escuela para ayudar a los demás. Lo sabemos por Razz.

—Mamá, eso no quiere decir nada.

—Claro que quiere decir algo— dijo la mamá—, y mucho. Estamos muy orgullosos de ti, Allie. Eres muy valiente y eres una persona muy buena.

Allie miró a su padre, que sonreía y señalaba a la ventana.

—Miren —fue todo lo que dijo.

Allie se alejó de su madre y se asomó a la ventana cerca de la cama. Pudo ver el vecindario, bajo los rayos del sol. Una franja larga y ancha, como una herida, marcaba el paso del tornado con árboles derribados y casas destrozadas. La vida de los vecinos había cambiado para siempre. Recordó lo que Razz le había dicho: parecía que habían bombardeado.

Comenzó a notar grupos pequeños de gente. La vida comenzaba otra vez. Limpiaban las calles y cargaban camiones con muebles. En la distancia, pudo ver una pequeña figura martillando en el techo de una casa.

La voz de su papá llegó a sus espaldas.

—Creo que nosotros tres... tenemos mucho trabajo por delante. Mucho que reconstruir.

Allie dio media vuelta y vio que sus padres se miraban. La mamá asintió.

—Sí —dijo bajito—. Tienes razón.

—Podemos hacerlo juntos, ¿no creen? —dijo Allie.

Sus padres respondieron a la vez.

—Podemos intentarlo.